HISTOIRE

DE

JEAN DE CALAIS.

SUIVIE DE

l'Histoire

DE PIERRE DE PROVENCE

et de

LA BELLE MAGUELONE.

Avignon,

OFFRAY AINÉ, IMPRIMEUR-LIBRAIRE.

HISTOIRE

DE

JEAN DE CALAIS.

SUIVIE DE

l'Histoire

DE PIERRE DE PROVENCE

et de

LA BELLE MAGUELONE.

Avignon,

CHEZ OFFRAY AINÉ , IMPRIMEUR-LIBR.
place Saint-Didier 11.

HISTOIRE

DE

JEAN DE CALAIS.

Au nord des Gaules , sur le bord de la mer , est une ville appelée *Calais*. Un des principaux et des plus riches négociants de cette ville avait un fils unique , à qui il avait donné toute l'éducation nécessaire pour lui former l'esprit et le corps. La nature l'avait doué des charmes de l'un et des grâces de l'autre ; aussi ses maîtres le virent bientôt dépasser leurs espérances.

Il s'attacha bientôt à l'art de naviguer, et lorsqu'il eut joint la pratique à la théorie , il fut le plus brave et le plus excellent homme de mer de son temps. Son jeune courage ne lui permettant pas de languir dans une molle oisiveté , il engagea son père à lui équiper un vaisseau assez fort pour nettoyer la côte d'un nombre infini de corsaires , que le grand négoce des habitants de Calais y avait attirés , et qui faisaient mille brigandages dans ces mers.

Son père loua son audace , et lui four-

nit abondamment tout ce qu'il lui fallait
pour l'exécution d'un si beau projet. Tout
étant prêt, il mit à la voile, et sa valeur,
soutenue par sa prudence, le servirent si
bien, qu'ayant battu ces voleurs de mer
en plusieurs rencontres, il les détruisit si
parfaitement, qu'il n'en paraissait plus.

Ces nouvelles portèrent les habitants de
la ville de Calais à un tel degré de reconnaissance, qu'ils lui préparèrent des arcs
de triomphe, en joignant son nom à celui de la ville, comme lui étant redevable
de sa tranquillité et de la sûreté de son
commerce : ce qui fait que l'historien ne
le donne jamais à connaître que sous le
nom de Jean de Calais.

Ce jeune héros était près, par son retour, de jouir des honneurs qui l'atten-
daient, lorsque son vaisseau fut battu par
une si cruelle tempête, qu'il fut porté
dans des mers inconnues. Le calme ayant
succédé à l'orage, Jean de Calais ayant
mis en usage tout ce que l'art et l'expérience lui avaient appris pour trouver les
terres, découvrit une île ; il s'en appro-
cha ; et ayant mis sa chaloupe en mer,
il aborda au bord d'un bois, dans lequel
il entra suivi de huit soldats.

(5)

Sa surprise fut extrême de le trouver
taillé et coupé par de grandes et belles al-
lées ; cette attention lui parut extraordinaire dans un pays qu'il avait cru inhabité
ou barbare ; mais son étonnement eut de
quoi s'augmenter, lorsque s'étant avancé,
il entendit parler flamand , langue qui
lui était familière. Il conduisit ses pas du
côté des voix qu'il venait d'entendre , et
vit trois hommes superbement vêtus qui
s'approchèrent de lui avec politesse.

Jean de Calais les pria de lui apprendre
dans quel pays il était, et s'il y avait sûreté pour lui et pour sa troupe. Qui que
vous soyez , lui répondit celui qui paraissait être au-dessus de tous les autres , je
trouve surprenant que vous ignoriez que
vous êtes dans l'Orimanie , état florissant,
où règne le roi du monde le plus juste, de
qui la sagesse a dicté les lois auxquelles il
s'est soumis lui-même , et dont l'observa-
tion religieuse fait le bonheur de cet empire ; ne regrettez point d'y être abordés ,
vous y serez en assurance. Montez sur cette
hauteur, ajouta-t-il , qui vous cache la
grande et superbe ville de Palmanie , qui
sert de capitale à ces riches états ; vous y
verrez une rivière majestueuse qui forme

le plus beau port de l'univers , et dont
l'abord est la sûreté de toutes les nations.

Jean de Calais le remercia , et charmé
des grâces que lui faisait la fortune , il s'a-
vança sur le sommet qui lui cachait la
ville ; il découvrit le plus beau pays du
monde : il descendit dans cette capitale, le
cœur rempli de joie ; mais étant arrivé
dans une grande place , il vit le corps d'un
homme déchiré par des chiens : cet objet
lui fit horreur , il se repentit de s'être engagé si avant. Il demanda cependant pourquoi dans une si grande ville , et dont on
lui avait dit que les lois étaient si sages, il
ne se trouvait pas quelqu'un assez charita-
ble pour faire donner la sépulture à ce
malheureux.

On lui répondit qu'il subissait la peine
de la loi , qui ordonnait que tous ceux
qui mouraient sans payer leurs dettes , seraient jetés aux chiens pour en être la
proie , et que leurs âmes étaient errantes,
sans que les intelligences éternelles leur
donnassent le lieu de repos destiné aux
justes ; qu'on faisait cette punition publi-
quement , parce qu'il se trouvait souvent
des personnes assez généreuses pour acquitter les dettes de ces malheureux, et

faire donner la sépulture à leurs corps.

Il n'en fallut pas davantage à l'âme magnanime de Jean de Calais : excité par la compassion , il fit publier sur-le-champ , à son de trompe par toute la ville, que les créanciers de cet homme n'avaient qu'à lui faire voir leurs titres , et qu'il s'offrait de les acquitter ; et le lendemain ayant fait entrer son vaisseau dans le port , il prit l'argent nécessaire pour satisfaire à sa parole ; il la tint exactement , et fit d'honorables funérailles au cadavre du débiteur.

Après avoir reçu du suprême magistrat et du peuple les louanges qu'une pareille action méritait, il ne songea plus qu'à prendre les hauteurs de cette terre favorable , pour en pouvoir donner connaissance à sa patrie , et lui ouvrir un chemin qui facilitât un négoce utile aux deux nations.

Un soir qu'il se retirait d'assez bonne heure sur son bord, il aperçut un vaisseau qui venait de mouiller auprès du sien , sur le pont duquel il vit deux dames fondant en pleurs : elles étaient magnifiquement parées , et leur air fit juger à Jean de Calais qu'elles étaient d'une naissance distinguée. Il s'informa à qui appartenait ce vaisseau : il apprit qu'il était à un corsaire qui venait d'entrer dans le port , et que les deux personnes qu'il voyait étaient deux esclaves qu'il vendrait le lendemain.

Le cœur sensible de Jean de Calais fut touché de leur malheur , et il forma le dessein de les retirer de l'abîme dans lequel elles allaient tomber. Pour cet effet il manda le corsaire , et sans marchander du prix , il donna au pirate tout ce qu'il voulut , et fit venir les deux esclaves sur son bord.

Mais quelle fut sa surprise lorsqu'elles eurent ôté leur voile , de voir deux jeunes beautés capables d'attendrir l'âme la plus barbare ! Les pleurs qu'elles répandaient ne faisaient qu'augmenter leurs charmes , et semblaient leur servir d'armes pour vaincre tous les cœurs ; une des deux surtout frappa celui de Jean de Calais d'un trait qu'il ne put parer.

Après avoir donné quelque temps à l'admiration que lui inspirait son amour naissant, il les consola, leur dit qu'elles étaient libres , et qu'un respect inviolable suivrait l'action qu'il venait de faire ; qu'en les retirant des mains du pirate , il n'avait point d'autre dessein que de les rendre à leurs parents, sans espoir d'aucune rançon.

Ces paroles généreuses rassurèrent les belles captives. L'air noble de Jean de Calais, et les grâces qui accompagnaient toutes ses actions, touchèrent leur cœur, et les termes les plus obligeants lui marquèrent leur reconnaissance. Quelque temps après il mit à la voile, et sa navigation fut si heureuse qu'il se trouva bientôt sur les côtes d'Albion, où le mauvais temps l'obligea de relâcher.

Pendant le voyage il ne passait presque pas de momens sans être auprès de ses esclaves; et comme il était jeune, insinuant et fait pour plaire, il trouva bientôt le chemin du cœur de celle qui l'avait charmé : le même trait les blessa si profondément, qu'ils ne purent se le cacher longtemps : ils s'aimèrent, ils se le dirent, et ne consultant que la vivacité de leurs sentimens, ils se jurèrent un amour éternel.

Lorsque Jean de Calais fut assuré de son bonheur, il pria cette jeune beauté de lui déclarer qui elle était, et par quel accident elle et sa compagne avaient été enlevées par le pirate. Ne croyez pas, ajouta-t-il, que ma curiosité ait nul motif désobligeant : qui que vous soyez , il n'est rien que je ne trouve fort au-dessous de vous ; et pour vous prouver ce que je dis, je vous donne ma foi dès ce moment , et sans en savoir davantage , je vous prie de vouloir bien m'accepter pour époux.

Je reçois avec plaisir , lui répondit la belle esclave , la foi que vous m'offrez ; je vous donne la mienne , et fais tout mon bonheur d'être à vous pour jamais : mais pour ma naissance , souffrez que je vous en fasse un mystère , que je trouve nécessaire au repos de ma vie. Qu'il vous suffise de savoir que le ciel ne m'a pas fait naître indigne de vous , et d'apprendre que je me nomme Constance et ma compagne Isabelle. Je n'ai point soupçonné votre curiosité d'avoir rien d'offensant pour moi ; ne vous offensez pas non plus du silence que je m'impose : notre amour l'exige de moi. Je dois me taire pour être à vous , et je veux éloigner de mon esprit tout ce qui pourrait m'empêcher de suivre un penchant plus fort que ma raison. Jean de Calais était trop amoureux pour presser la belle Constance après un tel aveu ; il lui promit de ne lui en plus parler ; et,

sans consulter davantage , ils s'unirent
pour jamais.

Cependant Isabelle qui avait été témoin
de leur amour et de leur union , prenant
le moment où Jean de Calais était occupé
à donner des ordres dans son vaisseau , ne
put s'empêcher de marquer sa surprise à
Constance sur l'action qu'elle venait de
faire. Quoi ! Madame , lui dit-elle , est-il
possible que l'amour vous aveugle assez
pour oublier qui vous êtes ? Croyez-vous
pouvoir vous cacher toujours , et que les
nœuds que vous venez de former ne soient
point rompus lorsqu'on saura où vous
êtes ? Je ne parle pas de moi ; dans quelque obscurité que vous me fassiez vivre ,
attachée à votre sort sans nulle réserve , je
ne m'en séparerai jamais ; votre seule
gloire m'intéresse , et je ne puis voir sans
douleur que vous abandonniez l'espoir le
plus brillant pour écouter votre tendresse.

— Je ne m'offense point , ma chère
Isabelle , lui répondit Constance , du discours que tu me tiens ; je me suis dit mille
fois les mêmes choses , mais l'amour est le
plus fort. Le sort brillant dont tu me par-
les n'a rien que d'affreux pour moi , ne
pouvant le partager avec ce que j'aime ;

et je trouve l'obscurité qui te gêne au-
dessus du destin le plus éclatant, puisqu'elle me donne la liberté de suivre mon
penchant ; mes nœuds dureront toujours
en gardant mon secret , et je ne le décou-
vrirai jamais , ou du moins que lorsque
je verrai qu'on ne pourra les rompre qu'en
faisant rejaillir sur moi une honte mille
fois plus grande que celle de mon hymen
avec le plus aimable homme du monde ;
et puisque tu me chéris assez pour ne point
me quitter , pousse encore cette tendresse
à chérir ma tranquillité , et à ne jamais
découvrir un secret dont elle dépend.

C'est de cette façon qu'elle imposa silence à sa compagne, qui ne voyant point
de remède à ce qu'elle appelait un malheur , se résolut d'obéir. L'heureux Jean
de Calais, charmé de posséder Constance,
rendit grâces au ciel des dons qu'il en
avait reçus ; et comblé des faveurs de la
fortune et de l'amour , il se rembarqua ,
et le temps favorable à ses vœux le fit aborder au port de Calais. Le bruit de son retour fut bientôt répandu ; son père et tous
les habitants de la ville furent le recevoir,
et lui rendirent les honneurs que méritaient
ses actions héroïques.

Mais quelle fut la douleur de ce jeune héros, de voir son père désapprouver son mariage avec Constance ! L'histoire sincère qu'il lui fit de la façon dont il l'avait trouvée, irrita son courroux ; et quelque vive que fût la peinture que Jean de Calais lui fit de son amour pour elle et de ses vertus, ce père sévère ne put lui pardonner d'avoir pris un engagement qui lui paraissait fort au-dessous de lui, et il n'épargna rien pour l'obliger à l'abandonner ; mais il protesta qu'on lui arracherait plutôt la vie ; qu'il avait donné sa foi à la personne du monde qui en était la plus digne, et qu'il la lui garderait jusqu'au tombeau. Le vieillard, plus irrité que jamais de sa résistance, le bannit de sa maison ; malgré les sollicitations des principaux de la ville, qui s'intéressaient pour lui, il lui ordonna de ne plus paraître à ses yeux.

Jean de Calais, sensiblement touché de l'outrage que son père faisait à sa chère Constance, se retira dans une maison qui était près du port, avec elle et sa fidèle compagne. Ces altercations entre le père et le fils ne purent lui être cachées : sa fierté en fut alarmée, et malgré tout son amour, elle fut sensible aux mépris que

le père de son époux parut avoir pour elle.
Cependant elle ne se démentait point ; toujours tendre , toujours fidèle , elle consola Jean de Calais ; et l'année de son mariage était à peine finie, qu'elle accoucha
d'un fils qui fit toute l'attention de ce cher
époux pendant plusieurs années , qui se
passèrent sans qu'il pût attendrir son père;
mais enfin , pressé par des amis communs,
il consentit à fournir à Jean de Calais de
quoi équiper un second vaisseau , pour
porter et établir un négoce éclatant avec
les nations qu'il avait découvertes, espérant que l'absence et les hasards lui feraient oublier Constance et son fils.

L'armement fut bientôt prêt : quoiqu'il
flattât les désirs de Jean de Calais , par
l'espoir d'acquérir une nouvelle gloire, il
ne put voir approcher le jour de son départ sans ressentir une douleur amère d'être obligé de se séparer d'une épouse et
d'un fils qu'il aimait si tendrement.

Constance de son côté n'était pas plus
tranquille ; les périls où allait s'exposer
Jean de Calais , et la crainte qu'un fatal
oubli ne la chassât de son cœur , troublaient également son repos. Elle répandait ses pleurs dans le sein de sa chère Isa-

belle, qui les partageait avec un zèle digne de l'un et de l'autre ; mais enfin l'amour offrit à Constance un moyen de retenir son époux dans ses chaînes, et d'obliger son père à rougir du cruel traitement qu'il lui avait fait souffrir.

Elle cacha son dessein à sa fidèle Isabelle, craignant qu'elle ne l'en détournât; mais lorsqu'elle vit qu'il n'y avait plus que peu de jours à s'écouler jusqu'au départ de Jean de Calais, elle se jeta à ses genoux, en le priant de ne pas lui refuser deux grâces qu'elle avait à lui demander. Ce tendre époux la releva, et l'embrassant avec les témoignages de l'amour le plus vif, lui jura qu'il était prêt à lui tout accorder. — Je vous conjure donc, répondit-elle, de me faire peindre sur la poupe de votre vaisseau, avec mon fils et ma chère Isabelle ; lorsque cela sera exécuté, et que vous serez au jour de votre embarquement, je vous dirai la seconde grâce que j'exige de votre tendresse.

Jean de Calais ne trouvant rien dans cette demande qui ne flattât sa passion, en lui donnant occasion d'avoir sans cesse devant les yeux ce qu'il avait de plus cher, consentit avec plaisir. Il employa à cet ouvrage les plus habiles peintres qu'il put trouver. Ils travaillèrent si promptement, qu'ils ne retardèrent point le départ de Jean de Calais, qui voyant le temps favorable, voulut en profiter pour s'embarquer.

Alors la généreuse Constance l'accompagnant jusqu'à son vaisseau : Voici le jour, lui dit-elle, les yeux baignés de larmes, où tu me dois accorder la dernière grâce que j'ai à te demander ; tu me l'as promise. Tourne la poupe de ton vaisseau du côté de Lisbonne, et va mouiller le plus près que tu pourras du château de cette ville ; c'est là que tu verras à quel point je t'aime, et quels sacrifices t'a faits mon amour.

Quoique Jean de Calais ne pût comprendre le sens d'un pareil discours, il lui promit d'exécuter ce qu'elle souhaitait. Ils s'embrassèrent, et s'étant séparés avec peine, il fit mettre à la voile, l'âme remplie d'espoir, d'amour et de douleur. Il tint parole à Constance ; et sa navigation ayant été heureuse, il vint aborder directement sous le château de Lisbonne.

L'arrivée et la beauté de son vaisseau attirèrent presque toute la ville sur son bord ; le roi de Portugal même sentit exciter sa curiosité par tout ce qu'on en dit , et voulut en juger par ses yeux. Il descendit de son château , suivi d'une cour nombreuse. Jean de Calais le reçut avec tous les honneurs dûs à la majesté royale. Ce prince fut charmé de sa bonne mine , de son esprit et de l'air de grandeur qu'il répandait dans ses moindres actions.

Il examina avec soin la construction de son vaisseau ; mais lorsqu'il eut jeté les yeux sur le tableau qui en ornait la poupe, il ne put s'empêcher de marquer son étonnement par un cri qui attira les regards de toute la cour sur ces objets. Chacun parut être agité du même trouble que le roi ; mais voyant qu'il gardait le silence , personne n'osa le rompre , et renferma ses pensées dans le fond de son cœur.

Jean de Calais , surpris des divers changemens qu'il remarquait sur le visage du roi , lui en demanda respectueusement la cause , et le supplia de lui dire s'il était assez malheureux pour qu'il eût trouvé dans son vaisseau quelque chose qui lui déplût. Non, lui répondit le roi , en se faisant effort pour se remettre , je suis charmé que vous ayez abordé en ces lieux;

je veux que vous y soyez reçu comme vous le méritez ; mais je vous défends d'en sortir sans mon ordre.

A ces mots il se retira , et sa cour le suivit , sans avoir la hardiesse d'ouvrir la bouche sur ce qu'elle venait de voir. Le roi entra dans son cabinet , l'âme agitée de tant de différents mouvements , qu'il avait peine à les démêler lui-même. Il s'était bien aperçu que ceux qui étaient avec lui , avaient eu la même idée : ce qui le détermina à s'instruire au plus tôt de la vérité , pour ne pas donner le temps à ses courtisans de divulguer des choses que lui seul devait savoir. Cette résolution prise , il fit dire à Jean de Calais de venir le trouver.

Ce jeune guerrier n'était pas plus tranquille que le roi : il ne pouvait comprendre ce qui avait causé son trouble à la vue du portrait de Constance. Les dernières paroles de cette chère épouse lui revenaient dans la mémoire, et les rassemblant avec les actions du roi , il cherchait à pénétrer le mystère qu'elles renfermaient, lorsqu'il reçut l'ordre du prince.

Il y fut , en remettant au ciel le soin de l'éclaircir. Le roi le fit entrer seul avec lui

dans son cabinet , et lui montrant un visage ouvert : Je suis persuadé , lui dit-il ,
que ce qui s'est passé tantôt vous a donné
de l'inquiétude ; je ne puis vous cacher
que j'en ai une que vous pouvez dissiper.
J'ai pris pour vous une estime particulière,
et je n'épargnerai rien pour vous le prouver , si vous ne me déguisez point la vérité.

— L'ambition d'acquérir quelque gloire,
répondit Jean de Calais en se baissant profondément , ne peut entrer , Seigneur ,
dans les âmes capables de mensonges ;
l'honneur et la probité seront toujours les
guides de mes actions et de mes paroles.
Je ne voudrais pas , au péril de ma vie ,
manquer à ce qu'ils exigent de moi , même avec mes plus grands ennemis. Jugez ,
Seigneur, si j'en serais capable avec un
prince dont la justice et les vertus font mon
admiration.

— Ainsi donc, lui dit le roi , vous
n'aurez point de peine à m'avouer quelles
sont les deux femmes et l'enfant que vous
avez fait peindre sur la poupe de votre
vaisseau ? — Non, Seigneur, lui repondit
promptement Jean de Calais ; l'une des
deux est ma femme , l'enfant est son fils et

le mien , et l'autre est une de ses amies , que j'ai tirée avec elle d'un funeste escla- vage. Le roi de Portugal soupira , et ré- pandant quelques larmes qu'il ne put ca- cher : Et de laquelle , lui dit-il, êtes-vous l'époux ? — De la plus belle , répondit Jean de Calais. — Et son nom quel est il? continua le prince. — Constance, répon- dit-il. — Et celui de sa compagne ? — Isabelle. — Ah ! s'écria le roi, je n'en puis plus douter. Mais , reprit-il , ache- vez d'être sincère , en me contant en quel temps et comment ces deux personnes sont tombées entre vos mains , et de quelle fa- çon vous vous êtes résolus , cette Cons- tance et vous , à engager votre foi ?

Alors , sans hésiter , Jean de Calais rap- porta fidèlement au roi de Portugal tout ce qui lui était arrivé depuis qu'il était parti l première fois du lieu de sa naissance , et quoiqu'il affectât de parler de lui avec modestie , il en dit assez pour faire con- naître de quelle utilité sa valeur avait été à sa patrie : il conta ensuite son naufrage sur les côtes de l'Orimanie , son aventure touchant le cadavre , et enfin la manière dont il avait délivré Constance et Isabelle.

— J'adorai Constance , continua-t-il

du premier moment que je la vis ; en la fréquentant, j'admirai sa vertu, son courage à supporter ses malheurs, et je ne vis point de plus grande félicité pour moi, que d'être uni à elle pour jamais. J'eus le bonheur de lui plaire : elle accepta ma foi ; mais elle m'a caché sa naissance avec un soin extrême. Il est vrai que je ne l'ai jamais pressée là-dessus. Mon cœur, content de sa vertu, dédaigna de s'instruire de ce qui doit le moins attacher les âmes généreuses : la mienne préféra l'esclave, qui mérite la couronne, aux reines dont les sentimens ne répondraient pas à la grandeur de leur rang. J'en ai un fils qui fait tout mon bonheur et celui de sa mère ; et c'est pour obéir à cette chère épouse, que j'ai tourné la poupe de mon vaisseau du côté de ces lieux. J'ignorais son dessein ; j'ignore aussi le vôtre, Seigneur, dans le récit que vous avez exigé de moi ; mais je sais que, quels qu'ils puissent être, je serai toujours fidèle à Constance, et que je ne m'en séparerai jamais. Voilà, Seigneur, l'exacte vérité que vous m'avez demandée. Heureux, si elle peut exciter dans votre âme les sentimens d'estime que je cherche à m'acquérir parmi les nations où mes desseins et le hasard me font aborder.

— Oui , dit le roi en l'embrassant , ta vertu a trouvé le chemin de mon cœur ; et pour reconnaître ta sincérité par une franchise pareille , apprends que cette épouse qui t'est si chère , est la princesse ma fille , unique héritière de cet empire , et que sa compagne Isabelle est fille du duc de Cascaës.

O ciel ! s'écria Jean de Calais , qu'il m'est glorieux , Seigneur , de vous avoir conservé ce précieux trésor ! Mais hélas ! dans quel abîme de maux cette aventure va-t-elle me plonger ?

— Non , non , lui répondit le roi , rassure tes esprits sur ce que tu peux craindre ; je suis aussi généreux que toi : sans connaître ma fille que pour une esclave , tu n'as pas dédaigné de l'attacher à toi par des nœuds légitimes , tu n'as point attaqué sa vertu par des feux criminels , tu l'as tirée d'un esclavage où cette vertu aurait peut-être pu triompher de la violence d'un amour odieux. Tu l'aimes , tu lui es cher ; le secret qu'elle t'a fait de sa naissance me le prouve , puisque sans doute elle craignait , en la déclarant , que j'em-

pêchasse un hymen que j'aurais pu trouver inégal , ne vous connaissant pas. Elle
t'a conjuré d'aborder en ces lieux avec
son portrait , sûre que je la reconnaîtrais,
et que ton mérite toucherait mon âme ,
comme il a touché la sienne ; de plus, elle
t'a donné un fils , et sa gloire aujourd'hui
demande que tu sois son époux , quoiqu'il
lui eût été autrefois défendu de faire une
semblable alliance. Je t'accepte donc pour
gendre , continua ce grand prince , et je
reconnais ton fils pour le mien.

Jean de Calais ne put s'empêcher de
l'interrompre ; il se jeta à ses pieds ; les
termes les plus touchants prouvèrent sa
reconnaissance pour ses bontés , et son
amour pour la princesse ; le roi le releva
avec tendresse. — Ce n'est pas assez, continua ce prince, mon cher Jean de Calais,
que mon consentement , il faut que mon
conseil l'approuve ; mais je parlerai de
façon à lui faire connaître que c'est ma
volonté , et la joie que mon peuple aura
de revoir sa princesse , lui fera tout accorder.

Alors ce monarque lui conta qu'environ
au temps qu'il avait marqué dans son récit,
Constance et Isabelle furent enlevées par

des corsaires qui les trouvèrent se promenant au bord de la mer , où leur jeunesse
imprudente les avait fait venir sans gardes
et sans secours ; qu'il n'avait rien négligé
depuis près de cinq ans pour savoir ce
qu'elles étaient devenues ; mais que toutes
ses recherches ayant été inutiles , il avait
langui jusqu'à ce jour dans une morne
tristesse ; qu'il avait fallu l'éclat de son arrivée pour exciter sa curiosité. — Je rends
grâces au ciel , continua-t-il , de m'avoir
écouté , puisqu'il m'a rendu par tes mains
ce que j'ai de plus cher.

Après cela , ce prince fit appeler tous
les principaux de sa cour , qui l'avaient
accompagné dans le vaisseau de Jean de
Calais , et leur ayant permis de dire ce
qu'ils pensaient des personnes qui y étaient
peintes , ils s'écrièrent tous que c'étaient
la princesse sa fille et la fille du duc de
Cascaës. Le roi leur avoua la vérité ; et
comme Jean de Calais avait reçu ce prince
sur son bord avec une magnificence extrême , il n'y en eut pas un qui ne le trouvât digne de posséder un bien qu'il s'était
acquis en le leur conservant.

Le roi fit assembler son conseil , et proposa la chose en prince qui souhaitait que

l'on fût de son avis. Personne n'en eut un contraire ; le seul don Juan, premier prince du sang, s'opposa fortement au bonheur de Jean de Calais ; mais quoique son éloquence fût animée par des raisons secrètes et qui lui étaient sensibles, il fallut céder au nombre. Le roi, qui croyait que l'intérêt et la gloire de l'Etat l'avaient fait parler, ne lui en voulut point de mal ; et comme on résolut qu'on équiperait une escadre pour aller chercher la princesse, il en donna le commandement à don Juan, et ordonna que Jean de Calais l'accompagnerait. Cet honneur ne le consola point des pertes qu'il faisait. Ce prince aimait depuis longtemps la princesse de Portugal; il était neveu du roi, et par conséquent héritier de l'empire, si Constance venait à manquer ; mais son amour ayant mis des bornes à son ambition, il s'était flatté qu'un heureux hymen pourrait un jour satisfaire l'un et l'autre. La perte de la princesse avait ralenti sa passion et réveillé ses prétentions au trône ; et lorsqu'il apprit qu'elle était vivante, mais entre les mains d'un autre, qui lui ravissait à la fois sa maîtresse et l'empire, l'amour et l'ambition reprirent toutes leurs forces, et furent

bientôt accompagnées de ce que la haine
et la jalousie peuvent inspirer de plus terrible contre un rival.

Ce fut avec ces sentimens que don Juan
s'embarqua avec Jean de Calais, dont la
vertu, l'espoir et la joie fermaient le cœur
à des soupçons qu'il eût même rejetés,
s'il eût été en état ou capable de les conce-
voir. On fit partir une corvette pour donner avis à Constance de tout ce qui s'était
passé à Lisbonne, et pour la préparer à
son départ.

Cette belle princesse avait vécu dans
une grande retraite depuis qu'elle s'était
séparée de son époux : son fils et Isabelle
étaient sa seule compagnie ; elle s'entrete-
nait souvent avec elle de l'étonnement
qu'elle s'imaginait bien que le roi son père
aurait eu. Isabelle, qui n'avait su son
dessein qu'après le départ de Jean de Calais, tremblait dans son âme que le roi ne
lui fît un mauvais traitement ; elle marqua
quelquefois sa crainte à Constance, mais
en cherchant des détours pour ne la pas
alarmer mal à propos. La princesse, qui
pénétrait tout ce qu'elle n'osait lui dire, la
rassura.

— Le roi mon père, lui disait-elle, a

de la tendresse pour moi ; il sera charmé de me recevoir ; la vertu de Jean de Calais le touchera ; enfin, je suis persuadée que mon bonheur sera parfait. — Mais, madame, lui répondait Isabelle, puisque vous aviez cette pensée, pourquoi l'avoir exécutée si tard ? qui peut vous avoir empêché d'instruire le roi de votre aventure ? C'est un effet de mon amour, lui disait la princesse, je voulais attendre que le ciel remplît mes désirs en me rendant mère, afin que le roi mon père trouvât sa gloire intéressée à cimenter les nœuds que j'ai formés ; et si mon époux ne fût point parti, je l'aurais engagé moi-même à effectuer ce que j'avais projeté.

— Cependant, madame, ajoutait Isabelle, si le roi désapprouve vos feux, s'il ne veut pas reconnaître Jean de Calais pour votre époux ? — J'aurai, dit la princesse, la satisfaction d'avoir prouvé mon amour à ce que j'aime, en lui sacrifiant le trône où j'étais née ; j'aurai le plaisir de faire voir à son père que celle qu'il regarde comme une vile esclave, eût été reine si elle eût moins estimé son fils ! C'était avec de tels discours qu'elles écoulèrent le temps de l'absence.

Cependant don Juan fit tant de dili-
gence, et le vent fut si favorable, que
l'escadre arriva presque aussitôt que la
corvette d'avis. Aux nouvelles qu'elle ap-
porta, tout le pays fut en mouvement ;
chacun s'empressa à rendre ses respects à la
princesse, de qui la joie ne put s'exprimer,
en voyant son projet réussir si glorieuse-
ment pour elle et son cher époux.

Le père de Jean de Calais, se repentant
du mépris qu'il avait marqué, fut le premier à engager toute la ville à lui rendre
les honneurs qu'exigeaient sa naissance et
son rang ; il lui demanda pardon en présence de tous, de son manque de respect,
et son zèle éclata si sensiblement, que la
princesse lui dit, en l'embrassant et l'ap-
pelant son père, qu'elle ne se souvien-
drait jamais de ce qui s'était passé, et
qu'elle l'oubliait sans peine, en considé-
ration d'un époux qui lui était mille fois
plus cher que la vie.

Cette princesse eut à peine reçu les
hommages de la ville de Calais, que le
port retentit de mille cris de joie, qui annoncèrent l'arrivée de l'escadre. Les habitans magnifiquement vêtus se mirent sous
les armes, et furent en bon ordre recevoir

lon Juan et Jean de Calais qui débarquè-
ent au bruit des trompettes et des tymba-
les. Les chemins étaient remplis de monde,
les fenêtres garnies de dames, et un peuple innombrable les accompagna jusqu'à
l'hôtel-de-ville, où le principal magistrat
avait fait loger la princesse avec son fils et
Isabelle, pour lui faire plus d'honneur.

Elle vint recevoir son époux et don Juan
sur le perron qui séparait son appartement
de l'escalier. Elle était environnée des dames les plus qualifiées de la ville. Don Juan,
comme ambassadeur, s'avança le premier,
mit un genou en terre, et lui baisa la
main. Jean de Calais parut ensuite, qui fit
la même action ; mais la princesse, bien
loin de lui présenter la main, ouvrit ses
bras, et se jetant dans les siens en le faisant relever, elle l'embrassa mille fois,
en lui disant tendrement que ce n'était pas
à lui à lui rendre des respects, qu'il fallait désormais qu'il partageât avec elle.
L'amour de ces deux époux attendrit toute
l'assemblée : leur grâce et leur beauté atti-
raient son admiration, et l'on fut bien
longtemps sans rien entendre que : *Vive
Jean de Calais et la princesse de Portugal!*

Tant de marques de bienveillance de la

part du peuple, et d'amour de celle de la princesse, déchiraient l'âme de don Juan; il se contraignit cependant, et voulant faire croire que ses ordres étaient d'assez grande importance pour n'être pas rendus publics, il demanda une audience parti- culière à Constance ; mais cette princesse, qui connaissait le fond de son cœur, vou- lut s'épargner un entretien qui aurait pu lui être désagréable, et lui répondit tout haut qu'elle n'avait point de secret pour son époux, qu'il pouvait s'expliquer de- vant lui, et que sachant les bontés du roi pour Jean de Calais, ses ordres devaient lui être communiqués comme à elle.

Don Juan sentit toute l'étendue de ce refus ; il avait autrefois parlé de son amour à Constance, qui l'avait toujours traité avec indifférence. Ainsi il ne douta point que la crainte d'entendre ses plaintes, et le mépris qu'elle faisait de sa tendresse ne la fît agir de la sorte ; il résolut dans son âme de s'en venger, et continuant de dis- simuler sa rage et ses desseins, il rendit à la princesse un compte exact de ce qui s'était passé entre le roi et Jean de Calais, et finit en la conjurant de la part de ce prince, de partir incessamment.

Constance lui dit qu'elle était prête, et que rien ne pouvait la retenir, dans l'impatience qu'elle avait d'aller rendre grâce au roi de toutes ses bontés. Après tous ces complimens pleins d'une cérémonie qui unait également ces heureux époux, l'infortuné don Juan se retira dans l'appartement qu'on lui avait préparé, et laissa Jean de Calais et sa belle princesse en liberté. Que ne se dirent point ces tendres époux ! avec combien d'ardeur n'expliqua-t-il pas la vive reconnaissance que lui inspirait le sacrifice que Constance avait prétendu lui faire en lui cachant sa naissance et son rang ! Et quelle joie ne fit-elle pas paraître de pouvoir partager avec lui les honneurs qui y étaient attachés ! Je ne finirais jamais, si je prétendais décrire tout ce qu'ils se dirent.

Ainsi, pour abréger une histoire dont la suite a des événemens encore plus surprenans que ce que je viens de vous apprendre, je vous dirai que Constance et Jean de Calais récompensèrent magnifiuement le zèle des habitans de cette ville, et que, voyant le temps favorable à leur navigation, ils résolurent de s'embarquer pour profiter de la belle saison. Cette charmante famille , composée de Constance, de son époux , de leur fils et de la fidèle Isabelle , abandonna Calais pour aller voir Lisborne. Toute la ville les accompagna jusqu'à leur bord : on leur souhaite un bonheur constant et durable.

Don Juan fit mettre à la voile , en détestant dans son âme les faveurs dont le ciel comblait son rival , en rendant le temps et les vents propices à ses désirs. Mais il n'eut pas longtemps à se plaindre du sort : le troisième jour de leur navigation , les cieux se couvrirent d'épais nuages , le vent devint furieux , et la mer agitée annonça le plus terrible orage qu'on puisse voir ; la foudre , la tempête et l'impétuosité des flots , battaient à la fois et sans relâche cette escadre malheureuse.

Jean de Calais mit en œuvre toute son expérience pour garantir le navire qui portait tout ce qu'il avait de plus cher. L'amour qui l'animait paraissait seconder ses soins pour un bien si précieux ; mais le traître don Juan qui l'observait sans cesse, et dont la rage et la jalousie troublaient également le cœur et la raison , le voyant occupé dans le fort de la tempête à observer le temps , prit le sien si justement , que sans pouvoir être vu de personne , il vint derrière lui , et le poussa si rudement, qu'il le précipita dans la mer , dont les vagues gonflées et l'une sur l'autre , le firent bientôt perdre de vue à son barbare homicide.

Cependant le gros temps faisait aller si vîte le vaisseau dans lequel étaient Constance et don Juan , qu'on avait déjà bien fait du chemin sans qu'on s'aperçût que Jean de Calais y manquait. Mais la princesse , toujours attentive à son sort , alarmée de ne point le voir , le demanda , le fit chercher , et chacun s'empressant à la satisfaire , on n'entendit plus que des cris douloureux qui annoncèrent à cette malheureuse épouse qu'on ne le trouvait pas.

Je n'ai point de termes assez forts pour vous exprimer son désespoir ; la tempête ne l'intimide plus ; une plus forte crainte lui donne le courage ; elle vient sur le pont , elle crie , elle appelle son époux , et les profonds abîmes du funeste élément retentissent du son de sa voix. Le perfide don Juan s'approche , et paraît le plus empressé à chercher Jean de Calais ; mais trop sûr de son destin , il lui fait entendre qu'un coup de vent l'a jeté dans la mer.

Quelle affreuse nouvelle pour une femme si passionnée ! Elle s'arrache les cheveux, ses mains meurtrissent son beau visage, la vie lui fait horreur, et, pour la terminer, elle cherche à s'élancer dans la mer. Don Juan se met au-devant d'elle ; Isabelle embrasse ses genoux ; il n'est pas jusqu'au moindre matelot qui ne quitte tout pour s'opposer à son dessein ; mais leurs soins sont inutiles, et sa douleur lui prêtant des forces, elle est prête à franchir les obstacles qu'on y met, lorsque Isabelle lui présente son fils, qui, lui tendant les bras, semble la supplier de vivre encore pour lui. Cet objet la saisit, l'étonne, l'arrête, et sans calmer son désespoir, il lui ôte le courage d'en suivre les mouvemens, et ne pouvant plus supporter les maux qu'elle ressent, elle tombe évanouie dans les bras d'Isabelle.

On profita de cette faiblesse pour l'arracher de cet endroit ; Isabelle et don Juan mirent leurs soins à la faire revenir ; ils y réussirent, mais rien ne put calmer sa douleur. Le nom de Jean de Calais était sans cesse dans sa bouche. Don Juan voulut la consoler, mais la perte de son époux ayant redoublé sa haine pour ce prince,

elle ne voulut point l'écouter , et lui ordonna même de ne plus se présenter à elle
le reste du voyage.

La tempête cessa, la mer devint calme,
et ces tristes vaisseaux arrivèrent à Lisbonne sans autre accident. La présence de
la princesse répandit une joie universelle
dans cette cour ; mais lorsque le roi la reçut dans ses bras , et que ses pleurs et ses
sanglots lui eurent appris la perte qu'elle
avait faite , il ne put lui refuser des larmes : ce tendre père partagea sa douleur.
Le bruit de ce malheur ne fut pas plus tôt
répandu , que les grands et le peuple firent
de leur part un deuil universel.

Le seul don Juan jouissait d'une secrète
joie , espérant que le temps ferait finir
leurs pleurs et l'amour de Constance ;
mais pour y parvenir plus vite , il fit tant
par des voies souterraines et qui ne pou-
vaient le trahir , qu'il engagea les peu-
ples du royaume des Algarves à se révol-
ter , sentant bien qu'il aurait le commandement de l'armée pour les remettre dans
leur devoir.

Cela ne manqua pas : le roi lui remit le
soin de châtier ces rebelles. Alors charmé
de voir réussir son dessein, il marcha con-

tre les révoltés, qui s'étaient retranchés
au bord d'une rivière. Il les attaqua, pé-
nétra dans leurs retranchemens, et après
un combat de six heures, il remporta une
victoire complète ; et poussant plus loin
ses conquêtes, il prit toutes leurs villes,
et fit punir les autres d'une rébellion qu'il
avait fomentée lui-même ; il soumit de
nouveau les Algarves au roi de Portugal,
et revint à Lisbonne, où les états assemblés lui décernèrent les honneurs du triom+
phe.

Ce n'était pas encore assez pour lui : il
les engagea, par ses intrigues, à demander la princesse en mariage, consentant
que son fils régnât après lui. Cette union
était si sortable, que les états l'approuvè-
rent, et la demandèrent au roi, qui, ne
pouvant s'opposer à ce qui lui semblait
juste, le proposa à la princesse, qui ne
put l'entendre sans désespoir. Elle renou-
vela toute sa douleur, et elle protesta au
roi qu'elle se donnerait plutôt la mort que
d'épouser un prince qui était l'objet de sa
haine ; mais l'intérêt de l'état l'emporta
sur ses raisons, il fallut obéir, et le jour
fut pris pour la célébration de ce funeste
hymen, que le peuple souhaitait avec

ardeur. Le même moment fut destiné au triomphe de don Juan , pour lequel le roi avait ordonné au-dessous du château un feu superbe , disposé par plusieurs compartimens , lequel devait offrir aux yeux un spectacle magnifique et nouveau.

Il s'était écoulé près de deux ans depuis la perte de Jean de Calais , duquel il est temps que je vous entretienne. La mer ne lui avait pas été si funeste que don Juan l'avait espéré. Cet époux infortuné trouva dans les débris de quelque vaisseau qui avait fait naufrage , de quoi se sauver ; il combattit longtemps contre la fureur des eaux , et fut enfin poussé dans une île dé-serte , où il aborda dans l'état que vous pouvez juger que devait être un homme qui sort d'un semblable péril.

Il fit longtemps réflexion sur sa triste aventure ; et malgré la douleur accablante qu'il ressentait de se voir si cruellement séparé de Constauce et de son fils , il re-mercia le ciel de lui avoir sauvé la vie , espérant qu'il trouverait encore par sa bonté les moyens de rejoindre des objets si chers.

Ce fut avec ces pieux sentimens qu'il parcourut cette île d'un bout à l'autre ,

sans y trouver aucune marque d'habita-
tion. Il n'y vit que de timides animaux ,
auxquels il fut obligé de déclarer une inno-
cente guerre , pour conserver , dans ces
sauvages lieux , des jours que les eaux
avaient respectés. Il y vécut de cette sorte
les deux années que Constance avait pas-
sées à pleurer , sans qu'il vît aucune faci-
lité qui pût lui donner l'espoir de la revoir.

Il commençait à s'abandonner à ces dou
loureuses réflexions , lorsqu'un jour , se
promenant sur le bord de la mer , il vit
un homme dans l'éloignement, qui lui parut venir droit à lui. La joie s'empara de
son cœur, et voulant jouir au plus tôt
d'une vue qui ranimait son espérance , et
la confiance qu'il avait toujours eue dans
les effets de la Providence , il doubla le
pas , et l'ayant joint : Je me croyais seul
dans cette île , lui dit-il en l'abordant ,
n'ayant jamais remarqué depuis que j'y
suis , nul vestige qui pût me faire connaître qu'il y eût d'autre homme que moi. Je
croyais y terminer mes jours malheureux
sans espoir de secours ; mais votre présence fait renaître mes espérances , et si
vous êtes seul avec moi , nous trouverons

peut-être ensemble des moyens que je n'ai pu imaginer pour en sortir.

— Il est vrai, lui répondit l'inconnu d'un ton grave, que cette île était inhabitée avant ton abord, et je ne fais moi-même que d'y aborder. — Comment cela se peut-il, lui répondit Jean de Calais ? mes yeux ne découvrent aucun navire qui ait pu vous porter. — Les chemins que j'ai pris, lui dit-il, sont inconnus aux hommes.

Je vois, continua-t-il, en remarquant l'étonnement de Jean de Calais, que mon discours te surprend ; mais tu seras encore plus surpris, lorsque tu sauras que je ne viens ici que pour toi. Je te connais, Jean de Calais, je sais tous tes malheurs et la trahison du perfide don Juan ; mais sache que ce n'est pas là les seules peines qu'il te prépare ; il est près d'épouser ta femme ; elle l'aime toujours tendrement ; et quoiqu'elle croie ta mort certaine, elle t'est fidèle. La seule amitié paternelle et les raisons d'état dont on la rend victime, l'obligent à donner sa main à ce traître ; le jour de demain doit éclairer ce fatal hymen, et il sera le dernier de sa vie, si tu ne parais promptement.

— Grand Dieu ! s'écria Jean de Calais, et comment pourrai-je empêcher tant de malheurs, en l'état où je suis ? Hélas ! je supportais avec quelque patience ceux où j'étais plongé, j'implorais encore le ciel avec quelque confiance, je me flattais que sa bonté me tirerait d'ici, puisque elle m'avait arraché à la mort, ta vue même avait cimenté cet espoir dans mon âme ; mais ce que tu m'annonces met le comble à mon désespoir. Mon perfide rival sera possesseur de Constance, si je ne parais ; il n'a qu'un jour à passer pour l'être. Eh ! par quel moyen puis-je paraître ? le vaisseau le plus léger, le vent le plus favorable, me seraient inutiles quand je les aurais ; mon seul secours doit être dans la fin de ma vie.

— Calme ces transports, lui répondit l'inconnu, je te dis que je ne suis venu ici que pour toi, et pour empêcher le mariage et le triomphe de don Juan : tu peux connaître ce que je puis par tout ce que je t'ai dit ; ainsi remets ton sort à la disposition divine, rappelle ta vertu ; suis-en toujours exactement les lois, et tu sauras un jour par quelle raison le ciel prend soin de ta destinée.

Jean de Calais était si surpris de ce qu'il entendait, et de la sûreté avec laquelle cet homme lui parlait, qu'il doutait s'il était éveillé ; mais faisant réflexion qu'il ne lui pouvait rien arriver de plus cruel que ce qu'on venait de lui annoncer, et qu'il n'était pas en état de démêler le mensonge d'avec la vérité, il résolut de s'abandonner à l'inconnu, et lui promit tout ce qu'il voulut.

Alors ils s'assirent auprès d'un arbre, et cet extraordinaire compagnon lui conta tout ce qui s'était passé à la cour de Portugal, depuis sa prétendue mort, et les efforts que Constance avait faits pour lui garde" sa foi. Pendant ce récit, Jean de Calais ne put résister à la violence du sommeil qui vint l'accabler : malgrè l'intérêt qu'il prenait à ce discours, il s'endormit.

Mais quel fut l'excès de son étonnement, lorsqu'à son réveil il se trouva dans une des cours du château de Lisbonne ! il regarda de tous côtés ; et bien sûr qu'il ne s'abusait point, il ne douta plus du pouvoir de celui qui l'avait conduit dans ce lieu ; mais son embarras était extrême, de ne savoir comment il pourrait s'offrir aux yeux de la princesse ; l'état misérable où

il était , ses habits en lambeaux , les pieds
nus , une barbe d'une longueur propor-
tionnée au temps qu'il y avait qu'il ne prenait plus soin de sa personne , lui faisait
croire avec justice qu'on ne pourrait le
reconnaître.

Cependant l'espoir dont il se sentait ani-
mé , lui fit prendre le parti d'aller dans
les cuisines. Un officier qui le vit, touché
de compassion , lui permit de s'approcher
du feu , et le destina sur-le-champ à porter du bois dans les appartemens ; il s'en
acquitta exactement , cherchant dans son
esprit quel moyen il trouverait pour voir là
princesse. Il concevait que les apprêts
qu'on faisait étaient pour la fête qui devait
lui être fatale ; et son cœur gémissait de
n'entrevoir nul expédient pour la troubler.

Il était enseveli dans ces tristes réflexions , lorsque le hasard fit descendre Isabelle dans les offices, voulant donner
elle-même quelques ordres. Jean de Calais
la reconnut et la regarda si attentivement
qu'elle ne put s'empêcher d'examiner celui qui avait cette hardiesse ; elle ne put
méconnaître des traits si gravés dans son
souvenir : la ressemblance de ce malheureux avec Jean de Calais la frappa : elle l'

parcourut des yeux avec soin , et les ayant
jetés sur ses mains qu'il affecta de lui faire
voir , elle aperçut un diamant à son
doigt, qu'elle reconnut pour être le même
que Constance avait autrefois donné à ce
cher époux , et qu'il avait conservé malgré tous ses malheurs.

Alors ne doutant plus que ce ne fût Jean
de Calais lui-même , mais cachant son
trouble , elle remonta dans l'appartement
de la princesse , à laquelle elle conta son
aventure , en ajoutant qu'elle n'avait osé
parler devant tant de témoins à celui
qu'elle croyait son époux , craignant de
l'exposer dans le misérable état où il était.

Constance ne balança pas d'un moment
à cette nouvelle : elle conjura Isabelle de
chercher quelque prétexte pour lui faire
voir cet homme. Elle y courut , et l'ayant
trouvé chargé de bois , elle lui ordonna de
le porter dans le cabinet de la princesse :
elle les y attendait avec une impatience
extrême. Jean de Calais obéit , posa son
bois à l'endroit qu'Isabelle lui marqua ;
mais ne voyant personne qui pût le con-
traindre , et la princesse qui le regardait
avec attention , il se jeta à ses pieds.

A cette action , Constance démêla aisément , sous cet équipage malheureux , l'homme du monde qui lui était le plus cher ; elle pensa expirer de joie , et , se jetant dans ses bras , leurs soupirs , leurs larmes et leurs sanglots furent longtemps les seuls qui exprimèrent les mouvemens de leurs cœurs. Isabelle , qui avait eu soin de fermer la porte du cabinet , vint se joindre à eux ; et les priant de se cal-mer , leur fit connaître qu'il ne fallait per-dre aucun instant pour avertir le roi du retour de Jean de Calais , afin de rompre l'hymen fatal dont on faisait les apprêts.

Ce discours était trop sensé pour n'y pas faire attention. Nos tendres époux inter-rompirent leurs caresses pour prendre les mesures qui leur étaient nécessaires. Ils résolurent que la princesse enverrait prier le roi de lui faire la grâce de passer dans son appartement pour une affaire qui inté-ressait l'état et sa gloire ; que le secret qu'elle demandait l'obligeait à le prier de venir seul , afin de n'avoir personne de suspect.

Celui que Constance chargea de ce message s'en acquitta si bien , que le roi ne tarda pas à se rendre seul chez la princesse sa fille. Il ne fut pas plus tôt dans son cabinet, que cette princesse se jeta à ses pieds, et lui prenant les mains : Seigneur, lui dit-elle, Jean de Calais est vivant, il est de retour, rendrez-vous ses yeux témoins d'un hymen qui va causer ma mort ? Le roi de Portugal la releva, et malgré la surprise que lui donna cette nouvelle, il lui jura qu'elle devait tout attendre d'un père qui l'aimait tendrement.

Jean de Calais, qui s'était caché, parut alors, et mettant un genou en terre : L'état déplorable où je parais à vos yeux, seigneur, lui dit-il, vous permettra-t-il de me reconnaître ? Le roi recula quelques pas, et le reconnaissant : O ciel ! lui dit-il, en lui tendant les bras, que vois-je ? En croirai-je mes yeux ? Quels malheurs vous ont éloigné de nous ? Quel accident vous a mis comme vous êtes ? Et quel miracle nous rassemble ?

Jean de Calais lui conta la trahison de don Juan, son abord dans l'île déserte, et l'étrange aventure qui l'en avait fait sortir et rendu à Lisbonne.

Le roi sentit toute l'énormité du crime de don Juan, et jura que ce jour, qui devait être celui de son hymen et de son triomphe, serait celui de sa mort. Il con-

sola Jean de Calais , le pria d'oublier ses
infortunes , et de se mettre en état de paraître aux yeux de toute la cour ; il embrassa la princesse , et rentra dans son appartement , si fortement irrité contre le
traître , que l'ayant trouvé qui l'attendait
avec grand nombre de seigneurs , il lui
dit de le suivre sur l'édifice du feu pour
lui faire remarquer quelque chose qui y
manquait. Don Juan le suivit ; ils y entrè-
rent ensemble ; mais le roi le voyant occupé à examiner toutes les différentes es-
pèces de machines , sortit adroitement de
ce lieu , et l'y ayant enfermé , il ordonna
snr-le-champ qu'on y mît le feu. Les ordres furent exécutés si promptement , que
le perfide fut consumé avant qu'on sût ni
le crime ni la punition.

Le roi l'instant d'après manda les états
qui étaient encore assemblés , leur exposa
la perfidie de don Juan et son supplice.
Tous , d'une commune voix , approuvè-
rent sa justice , et détestèrent l'action de
don Juan. Alors le roi fit venir Jean de
Calais , qui fut reconnu de nouveau et
proclamé héritier de l'empire , après la
mort du roi , comme étant l'époux de la
princesse , les états déclarant leur fils pour

leur successeur. Cet événement singulier
remit la joie dans la cour du roi de Portugal, qui fit inviter tous les grands du royaume, pour être témoins du bonheur
de Jean de Calais et de la princesse, dont
l'amour et la joie ne peuvent s'exprimer.

Le jour de ce fameux festin où chacun
ne pensait qu'aux plaisirs, on vit entrer
dans le salon qui renfermait cette auguste
assemblée, un homme dont la taille et
l'abord surprirent également. On le regarda longtemps sans rien dire ; mais lui, s'a-
vançant vers Jean de Calais : Reconnais,
lui dit-il, celui qui t'a tiré de l'île déserte
et conduit dans ce palais ; c'est moi qui
conduisis le corsaire qui enlevait la princesse, près de ton vaisseau, où tu l'ache-
tas sans la connaître ni l'avoir vue, et
dans le seul dessein de lui rendre la liberté.
Apprends, par ces expériences, combien
le ciel chérit les hommes vertueux ; jouis
en paix de ton bonheur, sois toujours
sage, inviolable et modéré : le ciel ne
t'abandonnera jamais ; tu seras véritable-
ment prince, parce que tu devras ce titre
à la vertu, plutôt qu'aux droits d'une
naissance qui ne dépend point de nous,

et dont on tire peu d'éclat quand la sagesse
ne l'accompagne pas.

Le spectre disparut , et laissa l'assemblée dans la joie et l'étonnement de l'heureux dénoument de cette aventure. On
célébra avec magnificence l'union de Constance et Jean de Calais , qui fut ratifiée
authentiquement.

Ainsi finit l'histoire de Jean de Calais ,
dont la mémoire ne s'éteindra jamais , par
les actions généreuses qu'il a faites pendant
sa vie.

FIN.

Avignon, typ. Offray aîné, pl. St-Didier 11.